꽃에게 묻는다

우주에는 한 사람의

완전한 '연인' 이 있으니

그는 거룩하고 위대한 '시인' 이다

사람이 꽃보다 아름답고 별보다 빛난다 함은

매일 시를 음미하기 때문이다

시는 생명의 사랑이라 했으니…

오다겸 인문예술시 1

꽃에게 묻는다

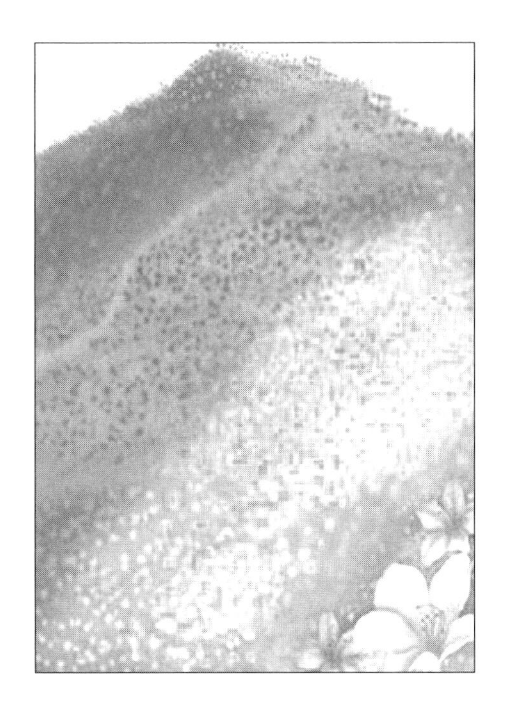

한누리미디어

| 서문 |

시는 자연의 빛과 향기로 인생 희로애락을 노래한다

오다겸 시인의 시집 《꽃에게 묻는다》 출간을 축하드립니다.

세상에는 아름다운 것이 많이 있습니다. 우리 인간은 누구를 막론하고 아름다움을 찾아 행복을 누리고자 합니다.

시는 인간 희로애락을 보듬어주는 사랑의 자양분으로 신비로운 자연 만물의 의미를 깨우쳐 줄 뿐 아니라 삶의 새롭고 다른 길을 열어 줍니다.

인간의 '오욕락' 을 극복하여 진리를 깨닫고 인간이 경험하며 도달할 수 있는 이상적인 '피안' 의 경지를 꿈꾸기도 합니다. 그래서 예로부터 시인은 인간을 초월한 '신성' 이라 불렀던 것입니다.

이렇게 시적인 정신으로 삶을 가꾸어 갈 때, 인간의 감성이 꽃처럼 피어나서 봄날 같은 삶을 살아갈 수 있는 것입니다.

행복은 풍요한 물질에도 있지만, 아름다운 정신의 가치가 더 크게 작용합니다.

그래서 '일체유심조(一切唯心造)' 라 하듯이, 인간의 매사는 마음

정 세 균
(전 국회의장, 전 국무총리, 현 노무현재단 이사장)

에서 일어나고 마음에서 사라지기 때문입니다.

이렇듯 시 예술적 감성이 메마른 사회는 마치 물 한 모금 먹지 못하고 썩어가는 나무처럼 사람의 향기가 없는 사회라고 말할 수 있습니다.

따라서 우리 사회 곳곳에는 어머니 심성 같은 꽃이 많이 피어나야 합니다. 우리 인간의 꽃은 바로 시이기 때문입니다.

이러한 시적 아름다운 소통을 통해 우리 사회를 움직이는 '정치를 예술처럼, 삶을 자연처럼' 살아가는 길을 열어가는 데 앞장서 왔던 오다겸 시인은 지식과 이성적인 이해관계가 충돌하는 정치 일선에서 시적 감성을 정치에 투영시킨 최초의 여성 정치인이라 말할 수 있습니다.

따라서 문화예술시대에 융합적으로 부응하고 있는 오다겸 시인의 '인문예술시'를 많이 읽어서 아름답고 행복한 삶을 영위하는 데 도움이 되었으면 좋겠습니다.

| 시인의 말 |

"문학은 마음의 양식이다."

마음의 양식은 곧 생명입니다.

우리 사회에는 정치 경제 사회 문화 종교를 비롯한 많은 분야가 있지만, '마음의 양식' 의 '정의' 는 문학 밖에 없습니다.

그만큼 문학은 중요한 인간의 본질입니다. 아무리 '부귀영화' 라고 해도, 아름다움과 사랑이 없는 것은 죽음입니다.

천재 물리학자 아인슈타인에게 제자가 물었습니다.

"스승님, 인간의 죽음이 무엇입니까?"

아인슈타인은 단번에 대답했습니다.

"죽음은 시를 읽지 못한 것이다" 라고 말입니다.

그만큼 시가 중요하다는 것입니다.

기원 전 공자 때부터 동서양의 철학자들이 '시는 우주만물 중에서 가장 아름다운 연인이다' 라 했으니, 그럴 만도 합니다.

세상에서 가장 아름다움의 상징적인 단어가 바로 '진선미' 입니다. 오늘날 이 진선미란 단어가 아름다움을 대표하는 단어로 광범위하게 쓰이고 있지만, 사실 진선미는 시학을 창시했던 아리스토

텔레스가 시의 아름다움을 말하면서 알려지기 시작한 단어입니다. 시는 어떤 유·무형의 생물체와도 사랑을 나눌 수 있는 우주 만물 중 가장 아름다운 연인이라고 했습니다.

언제나 달처럼 맑은 눈, 해처럼 뜨거운 가슴, 별처럼 반짝이는 꿈, 꽃처럼 웃는 얼굴로 세월의 손을 잡고 '삼라만상'의 '생로병사'와 '희로애락'의 자연의 무늬를 그리는 것이 '시문' 입니다.

꽃은 땅속에서 피어나고 사랑은 인간의 마음 속에서 피어납니다. 그런 저는 소녀 때부터 꽃을 보면 꽃 이야기를 듣고 싶은 상상력이 생겨났습니다. 그럴 때마다 저는 사랑의 문을 활짝 열고 꽃을 심는 꿈도 꾸어 보았습니다. 하지만 꽃은 세월이 흐르도록 제 마음에 피지 않았습니다.

그런 꽃은 흙에서만 피어나는 것으로 알았습니다. 하지만 저의 마음 밭에 꽃씨를 심고자 했던 그 소녀의 감성은 마치 어젯밤에 꾼 생생한 꿈처럼 사라지지 않았습니다. 그 꽃씨는 제가 사회봉사와 더불어 정치에 입문하면서 만나게 되었습니다.

우리 인간은 좋으나 싫으나 정치 속에서 살아갈 수밖에 없는 숙명입니다.

'정치는 종합예술이다' 라고 하는데, 제가 느낀 정치는 예술은 커녕 탐욕적인 이성과 지식이 투쟁하는 '이전투구' 장처럼 보였습니다. 그런 정치는 아름다운 사랑과는 거리가 멀었습니다.

저는 오염된 그곳에 한 방울 이슬 같은 역할을 하고자 저부터 정화하기 시작했습니다.

소녀 시절부터 꿈꾸어 왔던 꽃 같은 시적 철학을 갖고 아름답고 향기로운 감성으로 정치적 상상력을 발휘하는데 힘썼습니다.

시는 사물과 대상을 새롭고 다르게 보며 상상하고 창의해 가는 능력이 있기 때문입니다.

정서적 통찰력과 인문적 통찰력을 키워가며 세상을 폭넓게 사유하는 어머니의 품성으로 얼싸안은 정치와 사회의 꽃이 되고 싶었던 출발이었습니다.

'홍관군원' 시에는 노래와 춤이 있고, 감흥과 기쁨이 있고, 성찰과 통찰이 있고, 느낌과 깨달음이 있고, 배움과 마음을 닦고, 사교하고 나누는 기도와 사랑이 있고, 옳고 그릇됨을 판단하고 비판하고 풍자하며 새로운 세계를 열어가는 길이 있다고 했습니다.

그러한 시를 두고 '사무사(思無邪)' 라 합니다.

시에는 아름다운 사랑만 있다는 말입니다.

하늘에는 별이요, 땅에는 꽃이요, '삶의 꽃은 인문학 시' 라고 했듯이, 인간의 본성인 감정 감성을 아름답게 하기 위해서 제 아호 '다산' 처럼, '시문학 인문학' 을 사계절 꽃처럼 피어나는 인간을 위한 아름다운 생명의 산을 이루며 살겠습니다.

차례

제 1 부 · 꽃에게 묻는다

제 2 부 · 엄마의 노래

차례

제3부 · 소녀의 편지

제4부 · 아버지의 세월

제5부 · 세월의 길

제6부 · 지지 않는 꽃

차례

제7부 · 어머니의 달

제8부 · 생명의 노래

제 1 부

꽃에게 묻는다

낙조 분수의 꿈

은하수처럼 피어나는 분수의 꿈
낙조가 남긴 여울 빛 눈동자처럼
자연의 노랫가락 춤추는 생명
하늘 그리움 안개처럼 깊어지는 눈물이 아니더냐

영혼이 엮어진 물방울 인연 따라
바람도 저만치 비켜 선 자리
연인의 사랑이 된 낙조 분수
날개 펼친 자유의 영혼이어라

사랑을 깨우는 그리운 몸부림
색깔마다 님을 그려가는 소망을 담아
달빛이 속삭이는 부름 따라
구름 속에 숨어 있는 무지개 얼굴이 보인다

밤낮으로 울부짖는 영원한 숨결
붉은 바다 깨어나게 한 다대포 파도야
등대불 찾아가는 뱃고동 소리처럼
세월보다 긴 여신의 꽃이 되어 있어라

가을편지

먼 안부 곱게 물들인 하늘
부풀은 하얀 물음표 찍고
가슴 속 그리움 소슬바람에
낙엽처럼 움츠린 미소를 짓는다

빗방울에 무수한 잎새 질지라도
세월의 숨결에 가실 수 없는
내 사랑 흔적 안부만 물어본다

소원한 그대로 인해 그 여름 매미
지금도 울어대는 사연을
빛을 품는 가을은 아시는지

꽃에게 묻는다

봄날을 꿈꾸었던 저 꽃을 보라
열흘을 못 피는 운명일지라도
마지막까지 아름다운 모습 지키며
웃음의 힘 하나로
비에 젖어도 바람에 흔들려도 기죽지 않고
마지못해 살아가는 흔적
어느 날 한 번 찾아볼 수 있더냐

저 들녘의 꽃들을 보라
큰 꽃 작은 꽃 싸우는 소리 들어 본 적 없고
울타리도 치지 않고
잡초까지 이웃으로 살지 않더냐
세상에 내 것이 어디 있고
네 것이 어디 있단 말이냐

자연의 한 조각으로 사는 인간
너나 나나 세상에 손님일 뿐인데
무엇을 위하여 무엇을 얻고 무엇을 원하는가
옹달샘에 떨어진 이슬같은 맑은 눈동자로
손가락 걸고 진실의 이름을 쓰면서 살면 그만인 것을

어린 시절 메아리를 부르던 그 목소리로
서로의 이름을 불러 모아
바람의 자유로 사랑의 향기로
꽃피워 낸 계절처럼 길 놓으며
사람들이 가장 좋아하는 꽃
아름다운 사랑의 힘 하나 믿고
그 꽃을 닮아 살아가기를
꽃에게 묻는다

가을 들꽃

가난한 소망 수줍게 미소 짓는
어머님의 따스한 가슴에
이름 모를 난장이 꽃들이 소담히 핍니다

차마 놓지 못한 그리움
하늘 높이 띄운 사랑의 편지
님의 얼굴 닮은 국화가 핍니다

빗소리에 실린 세월의 노래
한 송이 꽃 피는 새 아침
안개 머금은 가을 들꽃이 핍니다

그 시절 향수

붉은 저녁놀 집을 찾아 서산에 걸리고
어머니 향기 그윽한 고향 산천
황금빛 춤을 추는 들녘에 세월이 눕고

정겨운 님의 웃음소리 대문을 두드리면
푸른 보리밭 바람은 소년처럼 서 있는데
숨결에도 묻어나지 않는 그 시절을 어찌하리

가을이 오는 소리

익어가는 세월의 숨소리
조용히 가을의 품 안에 안기면
손으로 만질까 눈으로 볼까 귀로 들을까
풀섶에 사는 땅

벌레들이 잠에서 깨어나면
아가아가 옹알이 부르던 시절
우리 엄마 웃어 버린 얼굴처럼
세상이 웃는다 가을이 말한다

앉아 있던 풀잎도 일어서고
바람 소리 고르게 불어주니
고추잠자리 노랑나비 날갯짓 따라
마중 나온 들꽃은 가을 소리로 피어난다

내 누이 꽃이여

소담한 담장 언저리 수줍은 얼굴로
세월 향기 가득 담고 핀
초롱한 내 누이 봉숭아 꽃이여

짙은 그리움에 사무친 갈바람
파랗게 물들어가는 하늘을 안고
쉰 쉼표 하나 찍지 않은 열정에
그대 얼굴 빨간 꽃이었네

님의 얼굴 하나하나
행여 잊을까 무명실 다시 매는
내 누이 봉숭아 꽃이여
동지선달 님의 언약 물들이고
첫사랑 눈꽃이 된 내 누이여

가을바람

흰 구름 돛대 달고
산천에 푸른 소나무 삿대 저어
세월 등에 업혀 달려온 가을바람

어하 둥실 들풀의 속삭임
나무 이파리 단풍잎의 꿈 이야기
날이 새면 햇살처럼 열릴 축제

바람을 품은 세월의 이야기
갈매기 날갯짓에 춤추는 파도에 실려
누구의 설렘인지 가을바다 뱃고동이 울린다

길 위에 세월

길 위를 걷는 발걸음
말 없는 사연 공기만큼이나
꿈의 숨결이 피어나는 이야기를 만든다

하늘이 되어 구름을 품고
땅이 되어 나무를 안을 때
나는 너의 그리운 산이 되어 간다

한 걸음에 눈빛이 가고
두 걸음에 마음이 가고
세 걸음 발길 따라 세상길을 가련다

푸른 숲을 지나면 꽃길이 있고
봄 여름 가을 겨울 묵언의 손짓
바람이 가는 길에 소망의 세월이 부른다

구월의 마음

하얀 꿈들을 모아 놓은
빛깔 좋은 구름 한 점 실어
자연이 손짓하는 인연 따라
가을옷 갈아입고 향기 품은 들국화 길에서

여름이 남기고 간 님의 푸른 숨결은
사랑으로 물들어가는 꿈 이야기
햇살에 안긴 님의 얼굴 같은 단풍잎
산 넘어가는 메아리로 편지를 쓴다

삶의 걸음

정해진 하루
24시간 굴레 속에서
먹고 사는 일 밖에
그 무엇도 없다
크게는 빠르게 느리게
느리게 가고 싶어도
삶이 미는 건지
시간이 끄는 건지
내 의지대로 갈 수 없다
모든 것을 삶의 시간에
내 걸음을 맞춘다
삶의 길이 빠를수록
하늘 길도 빠른게 아닌가
다른 산봉우리 탐내지 않고
자연이 준 한 자리에 살면
오고 가지도 않는
청산처럼 살려나

길

인연이 만나는 길마다
고운 사연들이 쌓여 들꽃이 되고
세월의 문을 저만치 밀어
향기 품고 님이 앉은 자리

길 따라 한 걸음
바람 따라 한 걸음
세월 따라 한 걸음
걸음걸음 소망의 씨앗 뿌리면

만고의 그 숨결들 길 따라 오고
길에서 만난 생각
세월로 엮어 바람처럼 떠나는
소중한 인연 걸음 걸음 피어나는 길

님의 향기

소녀의 얼굴 같은 푸른 빛 이파리
온종일도 모자라 밤까지 미련을 두고
마음속까지 파고든 깊은 숨결
뜨거운 햇살은 사랑을 피워내는 꽃이었다

쏟아지는 빗줄기 사이에 추억이 흘러가고
고개 한 번 들지 못한 풀잎의 사연
날마다 스치던 바람인들 어찌 알겠소
가을 손길 님이라 부르며 어루만진다

그리운 씨앗 남긴 세월의 향기는
낯설은 약속 따라 힘겨운 해바라기
숙명의 자리 철 따라 지키고
하늘 향해 고개든 얼굴에 가을이 열린다

바보 꽃이 웃습니다

빨간 꽃송이 길가에 서서
바람 따라 사라진 향기
시간도 숨을 죽인 고요 속에
들풀도 잠든 밤 어이 하라고
구름 속에 숨어 우는 달님은 바보입니다

꽃이 피고 지는 그 사이
연인의 사연은 봄이 가는 줄도 모르고
깨지 못한 꿈속 나비를 부르니
천리향 날리는 들꽃의 숨결
영원한 눈빛으로 바보 얼굴을 피워 봅니다

님은 꿈속 뒤안에 피는 꽃송이
담 밑에 그림자 해거름 등에 업고
영겁의 고뇌를 온몸에 두른 눈 먼 사연
하늘 닮은 그리움이 살고 있어도
소리 내어 부르지 못한 바보 꽃이 웃습니다

꿈꾸는 바람

세월 속에 잊었나 싶은
철 지난 겨울바람 한 손
뒤도 옆도 둘러보지 않고
추억의 님을 찾아오신 길인가

밤새 꿈꾸는 달빛 속에 비친 얼굴
소망의 작은 문 하나 열어 놓으면
대답 없이 산을 넘어가도
생명의 메아리 나뭇잎에 사랑을 물들인다

절기마다 자연이 가는 길에
사람 마음 내려놓을 흔적
한 뼘 손바닥에 가득 쌓인
바람이 된 님의 소리 내 곁에 머물다 간다

사람 코스모스

붉은 꽃 노오란 꽃 파란 꽃 하얀 꽃 모두가 꽃이더라
저 태양이 떠오르는 이 곳
저 태양이 지는 그 곳도
꽃이 피고 지는 것은 아름답고 신비하더라

푸르른 저 바다 건너
그대란 이름에 사랑이란 이름으로
억겁의 옷을 입은 인연이더라
내 그리운 어머니의 땅처럼
비바람 불어도 꽃은 피어나지 않더냐

우리 하나 된 자리 사랑의 이름으로
내 어머니의 땅 그리움의 이름으로
붉은 꽃 노오란 꽃 파란 꽃 하얀 꽃 색깔마다 피듯
새로운 희망의 꽃 피우는 계절의 가슴을 열면
사람이 있는 곳마다 아름다운 향기 가득하지 않겠는가

세월은 휴가 중인가

구름이 산을 넘고
바람이 강을 건너가고
해와 달을 품고 밤낮으로 가던 세월
꿈이 된 영혼으로 앉아 버린 망부석
사람마다 삶의 여정 여기서 노래한다

어디서 왔는지 오는 길은 내 등 뒤에 있는데
가는 길 한 치 앞에 눈 뜬 봉사 지팡이 잡고
만년의 길손으로 그림자 흔적 하나 남겨 놓은
이정표 같은 손짓으로 세월 길을 가리킨다

인생사 추억의 보따리 멍에처럼 둘러메고
그리운 사랑이라 애써 불렀지만
철 따라 피고 지는 사물 정도 이름 하나면
나뭇가지에 걸려 있는 구름 한 조각보다 낫지 않을까

꿈속에 꽃송이

한 번도 가보지도 않은 어느 낯선 곳
뜨거운 여름날 길가는 길손
물 한 모금 달라는 애타는 몸짓에
나의 샘물을 큰 바가지째 내주었다

이루어질 수 없는 생각 속 관념일지라도
가슴 속에 살아 숨 쉬는 피 끓는 열정
사람의 공간 속에 심어둔 생명의 씨앗으로
어느 순간 눈보라를 이겨내고 꽃처럼 일어선다

한 발자국 뛰고 한 눈빛 가는 곳마다
희망의 이름은 곳곳에 들꽃처럼 피어
물에 젖은 슬픈 사연일지라도
해가 뜨면 미소 짓는 꽃의 이름으로 산다

세월 걸음걸이

세월은 무슨 걸음으로 갈까
구름의 걸음일까
바람의 걸음일까
아니면 사람의 걸음걸이 정도일까

어떨 때는 거북이 같고
어떨 때는 토끼 같고
또 어떨 때는 번개 같고
또 어쩔 때는 가로수 나무처럼 서 있고
흔적 없이 밤새 오고 가 버린다

사람으로 나서 이렇게
한 세상 살아가는데
세월 길
속 시원히 알고 가고 싶지만
어둠 속에 그림자 속보다 더 답답할 노릇이다

꿈

생각 속 관념인가
가슴 속 뜨거운 열정인가

희망의 이름으로
당신의 가슴 속에 심어둔 씨앗

힘겨워도 다시 일어서는 꽃
슬픔에도 미소 짓는 꽃

마음자리 지지 않는 꽃으로
온갖 세상 풍파에도 피지 못한 꽃 있으랴

제2부

엄마의 노래

인생 세월 그네

인생살이 공중 그네 타고
물결도 흔들리며 가는 저 세월의 강
내 사랑 싣고 가는 청춘은 구름이 아닐까

살기 위한 생명 꿈꾸는 봄 향기는
비가 오면 어느새 사라지고
바람이 불어오는 날 내게로 다시 돌아온다

예쁜 꽃잎 떨어지고 고운 단풍잎도 떨어지고
사람의 사랑은 어디에서 아름다움을 찾아낼까
사계절 피고 지는 속삭임이 메아리로 노래를 부른다

영혼 속에 부는 바람도 봄바람 닮았을까
때가 되면 사물처럼 시드는 새파란 젊음도
인생 나그네 꿈과 사랑을 태운 세월 그네를 탄다

그 사람 꽃 속에

바위를 품고 사랑을 나누는
자유의 계곡물 소리
어느 날 꿈속
산길에서 만난 인연
둥둥둥 즐거운 비명의 메아리
몸 둘 바를 모르는 나뭇잎
마음 텅텅 비우고 하늘을 보며
웃음이 흔들리는 설렘으로 거울을 본다

이 시간 자연의 선율
아무리 곰곰이 생각해 봐도
시인의 가슴은 바위가 되고
시인의 생각은 물결이 되어
사색에 생시에서 손을 잡은
그 사람 그 날이
꽃 속의 사랑이라 부르겠다

아들의 별

새벽이슬 머금고
세월의 햇살처럼 걸어오던 아들
나무 한 그루 없고 먼지가 휘날리는 민둥산 길
무슨 나무를 심을까
무슨 꽃을 심을까
뒷동산이 되고
앞산이 되고 뒷산이 되고
세상 산맥을 이루어
구름도 품고
바람도 일고
그 구름 바람은
비 내리는 강물에 푸른 나뭇잎이 떠가는
세상 그림을 그리더니
어느새 네 가슴은 바다 위에
별 하나 떠 있구나

부모의 별

세상의 모든 생명은 인연
그 인연의 길을 비춰주는
달이 있고 해가 있다
그렇게 밤낮이 없으면
어찌 생의 길을 열겠느냐
어머니는 밤에 달의 눈
아버지는 낮에 해의 눈
이 언어보다 아름다운 게 있을까
이보다 더 신비로운 건
밤에는 달 품에 안기어 하늘을 나는 별
낮에는 해의 등에 업히어 하늘을 나는 별
세상에서 가장 행복한 언어
부모의 별이 된
바로 아들이란다

엄마의 노래

아들아 너를 생각하면
엄마는 꽃이 숨 쉬는 소리를 듣는다
바람소리 물소리보다
더 시원하고 더 크게
아들의 숨소리에 취해 삶의 꿈을 꾼단다
시의 향기가 보이지 않아도
세월이 보이지 않아도 느끼는 것처럼
아들아 아들의 이름은
세상을 살아가는
설명 없는 엄마의 노래 곡조란다

인생화

아들아 아들아
엄마가 살아온 삶의 길마다 많은 꽃이 피어 있었다
아빠가 걸어온 세상 시간마다 많은 물이 흘러 갔었다
너희들은 자연의 꽃 향기처럼
그 생명의 물줄기처럼
오늘 여기에 엄마랑 아빠랑 같이
세월 길 가는 길동무 되어
꽃길이 되고
물길이 되어
세월의 손을 잡고 우리 삶의 그림을 그리니
봄과 꽃이 잘 어울리는
인생화 작품이 탄생되고 있다

아들의 길

영원히 가지 않고
그 자리에 머물 것만 같았던 시간들이
엄마 눈 속에 호수처럼 가득하다
아장아장 걸음마가 이렇게 먼 길을
하룻밤 꿈처럼 지나왔구나
이제는 엄마보다 더 빠른 발걸음으로
엄마 키보다 훨씬 커 버린 어른이 되어
산의 많은 나무 중
늘 푸른 소나무처럼 오늘 여기 든든히 서 있는 그 모습
신이 내린 사랑의 작품 하나
어디 어느 예술작품에 비하겠느냐
옹알이하던 너의 입술에 엄마 아빠의 첫소리가 익어
다섯 살 되던 그 해 어버이날
천 근 만 근 또박또박 힘주어 비뚤어진 글씨에
'엄마 아빠 사랑해요' 란 글씨는
엄마의 가슴에 마법처럼 새겨져 있단다
사랑하는 아들의 그 손을 잡고
엄마도 그날로 돌아간다
네 이름 따라 네 이름을 부르며
아들아 두 아들아

세월의 강

하얀 구름 속에 푸른 강이 흐릅니다
바람이 가져온 행진곡처럼
구름이 품고 온 자장가 속으로
별빛이 흘러가고 달빛도 얼굴을 내밀어 봅니다

세월 속에 그리움을 나누는 나무들
세상에 설렘을 내려준 빗줄기
어느 것 하나 사랑이라 말하지 않을 수 없고
모두 모두 아름다운 생명의 기운들입니다

젊음을 뜨겁게 태워버린 태양도
급하게 내려가는 물줄기 속에 몸을 담그고
황혼을 울리는 그대만의 노랫소리
그 시절 파란 하늘 영혼은 이슬처럼 내립니다

숨 쉬는 어머니 사진

어머니 사람들은 그리움 보고픈 사랑을
"꿈속에라도 꿈속에라도" 라는 말을 합니다
오래 된 사진으로 밖에 볼 수 없었던
어머니의 얼굴이었습니다
그 세월은 차마 한 걸음도 걷지 못하고
분명 멈춰 있었습니다
그런 어머니 사진은 살아서 내 꿈속으로 들어옵니다
사진이 걸어옵니다
비처럼 울다가 꽃처럼 웃다가
얼마나 울었던지 마음이 아프고
얼마나 웃었는지 가슴이 아프고
사진 속에서 내게로 걸어오신 어머니 모습
꼭 내 그림자를 봅니다
나를 손잡고 안고 놀아주는 모습
한 번도 경험이 없었지만
생전의 어머니 모습은
내가 자식을 키울 때
꼭 그 모습으로 보입니다
딸은 어머니를 닮는다는 말이 맞는 것 같습니다
어머니는 어디에 있든
나에게는 어머니 세 글자 속에 살고 있습니다

글자 하나하나가 이렇게 아름다운 생명이 있는 줄
시인이 되어 알았습니다
시는 살아 있어 어디든 갑니다
한 번도 못 본 어머니 얼굴도 보입니다
어머니를 시로 지으면
시는 눈이 되고 귀가 되고 입이 되고 손발이 되고
생각과 마음이 되어
어머니는 꽃이 부른 봄바람처럼 대답하니까요
낮에는 꽃을 보듯 밤에는 달을 보듯
어머니는 그렇게 보입니다
풀잎 같은 마음으로 꽃잎 같은 얼굴로
울다가 웃다가

아버지의 빈 자리

아버지 멀리 있는 길을 왔습니다
아버지와 같이 살았던 세월보다
더 먼 길을 돌아와 버렸습니다
그런데도 아버지의 그리움은
아직도 한밤중 꿈속에서 깨어나지 않고 있습니다

아버지 장맛비에 파헤쳐진 길 따라
눈보라에 덮인 찬이슬 추운 길 따라
아버지가 보이는 단풍 향기와 꽃향기를 찾아
세상을 보는 들국화로 피었다가
이제는 덩굴장미가 되어 여기까지 왔습니다

아버지 늦가을 바람소리를 들으면
텅 빈 논배미를 지키는 허수아비
잔잔하게 숨 쉬는 소리로 들렸습니다
아버지 가슴 깊이깊이 숨겨놓은 바람 한 점
떼어 놓을 수 없었던 그 날 어떻게 가셨나요

아버지 공중을 날아가는 구름이 머물던 그 날
채 피어나지 못한 꽃봉오리 두고 어떻게 가셨나요
제 눈앞에 아버지의 세월이 거울처럼 다가옵니다

아버지 아버지는 불러도 불러도 들리지 않는
이름 없는 저 먼 시간 속에 계십니까

아버지 답장 없는 빈 메아리로 돌아오더라도
아버지 손 움켜잡고 젖 먹던 그 힘으로
이 빈 자리에서 아버지를 불러 봅니다
지금도 새벽 단꿈에 살아 계신
사랑으로 만들어진 아버지 이름을 불러 봅니다

아버지를 부릅니다

아버지 우리 친정아버지
바람이 보듬어준 청아한 목소리
나뭇잎 사이 공기방울처럼 스쳐 가면
주름살 함박웃음으로 나비를 바라본다

갈매기 파도 춤사위에 울어대는 사연
뱃자락 푸른 물결 속을 헤치는 노젓는 몸짓
말 없는 세월을 밀어 놓은 그 언덕 아래
소녀의 아버지는 검붉은 바다 빛을 닮았다

뭉게구름 아가구름 떨어질세라
등에 업고 가는 사랑이 흐르는 세월
아이야 거친 손바닥에 얼굴 비비니
부드러운 숨소리 어느새 손수건이 된다

하늘을 품은 쓸쓸한 바다는
아버지 마음 속에 한숨처럼 출렁거리고
바람이 머뭇거릴 때 시집가는 딸 너울 넘어 보내고
새벽이면 흰 돛대 흔들리는 그리운 세월에 젖어간다

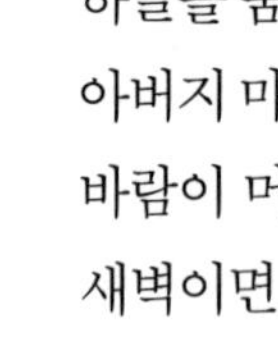

달 뜨는 그리움

푸른 하늘 거니는 하얀 조각구름
산봉우리 넘어갈 때마다 나뭇잎에 그리움 젖고
바람 따라 가는 세월의 그림자
사랑의 메아리 속삭이는 바위에 앉아 추억은 설렌다

새벽이슬처럼 영롱했던 그대 눈동자
날이 밝아오면 선연하게 떠오르는 햇살
그리움 입에 물고 공중을 날아가는 새 한 마리
물 같은 맑은 연정으로 피어 오른다

어느 날 꿈속 반가운 손님으로 웃는 얼굴
활짝 피지 못한 꽃으로 담장 아래 고개 숙인 채
물여울 품고 님 마중 나가는 연꽃이 되어
그대 이름 달처럼 뜨는 그리움을 어찌 할 거나

첫사랑 꽃향기

사랑이 봄꽃처럼 피었습니다
맨 먼저 매화꽃으로 피었다가
개나리 진달래 민들레 들국화로
아름다운 몸짓의 언어를 찾아
밤낮으로 사랑을 만들어 갑니다

그리고 손이 시리고 발이 시리고
얼굴이 아려온 추운 겨울날에도
하얀 눈꽃의 순정으로
빨간 동백꽃 열정으로
사랑을 위해 쉬지 않는 꿈을 꿉니다

사랑이 봄날 꽃향기처럼 풍겨오고
사랑이 여름날 푸른 바람처럼 불어오고
사랑이 가을날 고운 단풍처럼 익어가고
사랑이 겨울날 하얀 눈처럼 쌓여옵니다
첫사랑의 씨앗이 숨 쉬는 세월입니다

하얀 편지

하얀 마음 풀어 그리운 자리에
저절로 뽐낸 사연 곱게 새기면
뜨거운 붉은 심장 뛰는 울림소리
한 순간 빛 그림자처럼 조용히 떠난다

연두색 이파리에 고개 숙인 꽃잎 같은 소녀
설익은 수줍음에 젖은 입술 벌린 고백
빨간 우체통 옆에 앉아 망설이는 봉숭화 설렘이
지나가는 바람 한 줄기에 미소를 보낸다

누가 지어 놓은 이름인가
아무리 써도 닳아지지 않는 사랑
새로운 감정을 찾아가는 하늘 길에
꽃잎 향기 햇살 담아 봄날의 편지를 쓴다

청포도 향기

청포도 사랑 붉은 햇살의 미소
시간을 잡아맨 넝쿨 마디마다 사연 얽히고
푸른 바람 손길로 얼굴을 씻어내니
보랏빛 청포도 달콤한 이야기가 들린다

벌 나비도 노래하며 춤추는 사이사이
하늘을 날아가는 파랑새도 날개를 접고
돌담 기슭에 고개 돌린 감나무에 걸터앉아
알알이 맺혀 가는 여름날의 꿈에 취한다

어여쁜 아가씨 이마에 피어 송골송골 땀방울
첫사랑의 설레는 향기처럼
그대와 단둘이 거닐며 포도알 움켜쥐듯
손가락 걸고 사랑을 나누던 그 약속이 익어간다

무지갯빛 상상

무지개다리 넘어 누가 살길래
저렇게 고운 얼굴 미소 지을 수 있을까
하늘빛 여인의 마음을 늘어 놓은
분홍댕기 묶은 사연 세상에 내린다

구름 속에서 꿈을 꾸었던 님
달님 별님 뒤에 숨어 있었을까
비 오는 날 맑은 자리 찾아
세월 바람이 타고 그 님과 같이 오시느냐

일곱 빛으로 새긴 영원한 사랑의 약속
세상길에 그리움이 가는 날까지
무지개 꽃 피어나는 날을 믿으며
상상의 자유가 소망의 동산에 쌓인다

메아리 사랑

하얀 구름 하늘 머리에 이고
온종일 푸른 빛으로 서 있는
시냇가에 버드나무 누굴 기다리나
저 물결은 그리움을 노래하는데
세월도 비켜간 자리 노을 꽃이 피어오른다

언젠가 그도 내가 보고 싶어
바람이 가리키는 손길보다
햇살이 거니는 발길보다
까만 밤처럼 그리움을 안고 꿈속까지 들어와
아름다운 자유가 있는 메아리를 불러 줄 거야

꽃 피는 날까지

꽃의 마음은 향기일까
고운 색깔일까
예쁜 얼굴일까
바람이 흔들어도 속내를 보이지 않고
벌 나비가 유혹해도
꽃잎 하나 이파리에 감추지 않는다

어느 세월에 마음을 보일려나
영혼에 비친 거울 속에서
꽃단장만 하는 꽃잎
지고 피는 세월 어느 편에
몸도 마음도 함께 피어나는 날

꽃보다 아름다운 사람으로 나서
열흘을 못 피는 꽃처럼
사람의 마음이 사람의 약속이
무지갯빛 사라지듯 시간 속에 사라져도
하얀 구름 같은 진실한 그리움
지금도 푸른 하늘에 흘러간다

우산 속의 속삭임

비 오는 날에 젖은 청춘
우산 속에 비옷 같은 사랑의 속삭임
세상길 한 눈에 걷고 싶은
연인의 옷자락이 발걸음을 맞춘다

비 오는 날 봄날이 피어나는 우산 속
빗방울도 꽃잎 찾아가는 벌 나비처럼
숨 가쁘게 다가와 이야기 소리 엿듣는다
가슴에 젖어드는 촉촉함에 잠이 든다

이 세상 누군가를 위해
그리움도 사랑도 새어나지 않게
둘만의 공간을 받쳐주는
한 몸이 되는 우산이 되고 싶다

제3부
소녀의 편지

찢어진 우산 사이로

비가 새어 나오는 찢어진 우산
문밖에 쓸쓸한 그리움의 눈물
어느 사람의 꿈속 사랑이
무수한 빗방울에 젖고 있는가

흙바닥 구석진 곳을 찾아
수줍게 흘러가는 저 울음의 눈동자
구름이 떨어뜨린 선물치고는
가슴 속까지 상처 난 슬픈 길을 만든다

사흘 낮 밤 텅 빈 하늘을 꽉 채운
빗방울 수보다 훨씬 많은
님과의 수많은 약속된 사연들
찢어진 우산 사이로 착한 비가 오고 있다

나를 닮은 꽃

사람이 사노라면 무엇인들 못 하고
어딘들 못 가겠소만
눈에 보이고 손 발길이 닿는 곳마다
삶의 길목에 서성이는 숱한 사연들
나를 찾아 길 떠나는 이정표 제대로 들고 있을까

나답게 나다움의 숨결로
노래 한 곡 만들어 불러 보고 싶어
영롱한 빛으로 가락을 치며
생명이 꿈틀거리는 생동감으로
깃발처럼 나부끼는 나다움의 상징이 되고 싶다

세상 길 혼자 와서 혼자 가는 길
어느 때부터 나다움의 옆을 보고
너다움을 닮아가는 세상
새벽 달빛 머금고 희망을 축제하는 공간
너다운 꿈속에 피어난 꽃 석양 하늘 그리움이 아닐까

사랑 그네

인생길 오르막길 내리막길
세월 타는 인생 나그넷길
세상의 일만 근심 바람도 비켜서고
공중을 올라갔다 내려갔다
한 번 구르니 그리움이요
두 번 구르니 사랑이다
밤낮으로 사랑의 공원 빈 의자 그림자처럼
당신은 소리 없는 공기처럼 생명이 된 향기
무언의 공간 속에 내 몸을 넣어 두고 싶은 꿈이다

나를 날리며 춤을 추게 하는 그네
나를 내리며 노래하게 하는 그네
당신은 사랑의 그네를 띄우는 바람의 연주자로
하늘과 땅 사이에 사람이 보이지 않는
인생 그네 흔들려도 세월 그네 흔들려도
바람 위에 노니는 아름다운 사랑 그네를 탄다

담쟁이 사랑

가슴 속에 피어나는 꽃
인내의 발걸음 내딛고
세월 마디마디 새겨놓은 향기
님은 속과 겉이 똑같은 꽃

사랑이 얼마나 타올랐으면
푸른 빛으로 열을 식히는 꽃
그대 그대는 천상에서 와서
아름다운 세상의 마음이 된 꽃

손에 손 잡고 나를 위해 너를 위해
한 몸으로 운명의 담을 넘은
한 뼘 얼굴의 사랑이 된 약속 하나
오월 장미보다 붉은데

님의 기도

세월이 준 소원을 숨결처럼 간직하고
세상이 준 사랑을 핏줄처럼 움켜쥐고
그리움 하나 그리움 하나 가슴에 묻고 등에 지고
인생길 희로애락 아름답다 노래하는 님이여

영혼의 꿈길에서부터 보듬고 온 정성
홀아비 새벽빛 머금은 정화수 장독 위에 앉으면
기울지 못한 어머니 닮은 달빛 사이로
하늘님 품을 보듬어 합장하는 굵은 손길

단잠을 스며드는 자장가는 목화이불 속에
새근거리는 별 하나 어린 자식 품고
눈 뜨지 않은 붉은 해를 흔들어 깨우는 눈물
이슬 한 방울 나뭇잎에 젖어 흐른다

세월의 푸른 의자

비에 젖어 고개 숙인
장미꽃
그 장미꽃 몇 송이
남겨두고 떠나가는 오월
오월이 다 가는
오늘 나는
봄과 여름 사이에 서서
계절의 여왕이 쉬어가는
세월의 푸른 의자에
앉아 있다

꽃의 기도

여름 날 뜨거운 태양도 태울 수 없어
빨간 사랑으로 피어나는 열정의 꽃

초야에 남 몰래 홀로 피어
달빛이 찾아들면
밤새워 울어버린 야생화 그리운 꽃의 기도

님을 위한 편지

말 없는 두 그림자 사랑이라 말하지 않아도
봄을 말하는 꽃향기로 피어났다
조용한 두 그림자
그리움이라 말하지 않아도
여름을 말하는 폭포의 물줄기로 소리쳤다

산천의 나무를 목 놓아 부르짖는 메아리
영혼의 바위를 두드리는 생명의 노랫소리
그대의 발걸음 하나하나
길가에 떨어진 꽃잎 수보다 많았다
어찌 밟고 갈 수 없어
그날 시간은 지금도 그곳에서 꿈만 꾸고 있다

그리운 장맛비

세상의 만물도 그리움이 있답니다
사람의 그리움은 어떡하겠습니까
사랑은 아름다운 꽃이라지만
그리움은 생명을 잉태하는 몸부림의 꿈이랍니다

이제는 그 꿈을 꾸지 않으렵니다
그 꿈이 악몽처럼 힘들었습니다
혹시 실수로 꿈을 꾸는 날이 올지라도
이제는 생각까지 괴롭게 만들 수는 없습니다

정말 미안한 일입니다
이제 모든 역사를 시인의 가슴에 시향처럼
새벽 옹달샘 같은 깨끗함으로
숲속에 이슬을 다시 담겠습니다

비의 눈물

사흘 낮밤을 비가 울었습니다
사람은 비가 왜 우는지 몰랐습니다
그냥 비가 내린다고 했습니다
이제는 비가 그쳤습니다
빗줄기 눈물을 닦아준
푸른 이파리는 뒤로 돌아앉았습니다
앞으로 꽃잎을 바라보지 않겠답니다
햇살만 바라보는 꽃
꽃잎이 미워졌기 때문입니다
새로운 들판에서
새로운 인연을 찾아가겠습니다

세월의 아침

하루살이 걸음마 세월의 아침
눈 비빌 틈 새도 없이
삶의 빛을 찾아
생명의 노랫소리 리듬에 맞춰
북치는 숙명 영혼을 울리고
허공에 떠도는 무상 유상의 시간을 깨운다

온종일 세상의 심장을 뜨겁게 달구던
햇덩어리도 지쳤는지
말 없는 그림자 들녘에
허수아비처럼 걸린 옷자락에
바람 모아 돛대 달고
사람의 길을 찾아 나선다

걸어도 뛰어도 날아가도
똑같은 시간의 굴레에서
세월의 얼굴을 볼 수 없는 세상의 운명
오늘도 하루살이 언어가
시인의 사색을 울린다

비의 소망

빗소리가 부르는 소망의 노랫가락
어찌 나 홀로 사랑이라 말할 수 없어
세월이 흘리고 간 숫자 하나하나 주워 모아
산천을 살게 한 합창의 박자를 두드립니다

흙바닥을 쓸어가는
푸른 이파리 몸짓에
가냘픈 숨결 소리 담아
꿈속에 짝사랑이 되어 버린
그날의 님에게로 마지막 빗방울 울음소리 보냅니다

굽이치는 강물 노래 따라
파도치는 바다 춤사위 따라
사람의 인정도 연인의 사랑도
비에 젖은 갈매기 날개일지라도
금빛 물결 소망의 노래를 부릅니다

하루의 약속

하루의 약속
길고 짧은 세상길 인연
생명을 꿈꾸는 흙 속의 찬연한 빛
무상한 세월의 공간에서
하루살이가 숨쉰다

해 그림자 축 늘어진 들녘
작은 눈빛 날개 영혼의 바람으로
길 가다 만난 나그네 사연 실어
새벽이 없는 세월을 영영 저어간다

하늘 향한 그리운 날개 위에
구름 얼굴 추억에도 없이
망각한 슬픔에 잠긴 운명
세상길에 누운 해 그림자 안고
하루의 약속 영원한 노래로 잠든다

소녀의 편지

아름다운 마음까지 드러낸
고운 사연 얼굴에 새기면
뜨겁게 흘러가는 불꽃 같은 울림
바람 속에 섞여져 천연의 빛처럼 떠난다

꽃봉오리 겨우 이파리 손 내민 설익은 순정
계절보다 먼저 그리움을 노래하는 새
산을 날개 삼아 하늘을 날아가는 꿈이련다

봉숭아 꽃잎 사랑이라 물들었을까
두레박 깊은 우물에 떨어질 때
잔잔한 물방울 설레는 긴장은
창공의 몸부림이었다

들풀

숱한 세상 이야기 품고 있으면서도
있는 듯 없는 듯 조용한 공기처럼
숨죽이며 삶을 일구는
어머니의 손길에 피어나는 꽃

아지랑이 꿈속의 숨결 소리
생명의 눈동자로 봄날을 보며
겨우내 얼어붙은 추억의 그림자
눈꽃송이 머리에 핀 누이동생의 꽃이 아니련가

꽃

꽃의 마음이 얼굴에 보입니다
겨울에는 그리운 꿈속에 살면서
부지런한 아지랑이 봄길 가는 길동무가 되어
꽃씨 품은 진실한 흙 속은 사랑을 잉태했습니다

고개 올려 하늘 한 번 보고 웃는 꽃
세상 보고 온종일 사람을 향해 웃습니다
무슨 전율이 알 수 없는 환희를 만드는지
짝사랑하는 소녀의 웃음 결을 닮아갑니다

만져보며 안아주고 싶습니다
아프지 않을까 걱정이 됩니다
왜 자꾸 사랑이 욕심을 부르는지 모르지만
이대로 발길을 멈추고 맑은 눈길만 다가가겠습니다

햇살의 꽃

사랑이 여름 찾는 세월 빛 파도 타고
푸른 색깔 몸짓이 살아가는 숨결이 되어
바람의 손짓 따라 출렁이는 나무 이파리
뜨거운 햇살의 가슴을 품고
온 세상 불꽃을 피운다

봉울봉울 맺어진 산봉우리마다
공중을 거니는 구름 한 조각 머리에 이고
뻐꾸기 울음에 맞춰 산새들
입을 모은 노랫소리
가물가물 먼 산에
뜬구름 바람이 밀어내니
석양길 그림자 눈물 되어 이슬로 몸을 감춘다

3000

1이 3000개면 3000일세
1이 300개면 300일세
1이 30개면 30이 되네
1이 10개면 10이 되지
100도 힘겨운 인생이
3000 그 수를 어이 헤아려야만
그대 스친 옷깃 소리
100의 신음에 아련히 잠들고
60억의 수는 시공을 넘어 파고들어도
3000의 소리에 실린 사연을 어찌 알리요
붉은 연줄 푸른 연줄 엉키어도
걸리지 않는 구름처럼 내 님이 가시더라
3000은 100을 다듬어 쓸어도
100의 주름 3000을 못 헤이고
공수래공수거에 돌아앉은
3000은 먼 길 떠나가시네

꽃 이야기

사람 눈에 쏙 들어온 꽃
가까이 바로 앞에 가서 바라보면
어느새 눈 속에 다 담을 수 없어
마음으로 깊이깊이 들어가지만
그 텅 빈 자리 다 채워도
꽃향기는 바람처럼 새어나가
만민의 가슴에 그리운 손님으로
세상의 사립문마다 스며듭니다

꽃잎 얼굴은 작지만
향기를 품어내는 마음은
세월의 그 긴 길에
사물의 천지 빛깔 사랑이 되어
손에 잡힌 시간도 쉬지 못하고
아름다운 꿈만 꾸는 숨결 소리는
사람 마음보다 큰 진실한 이야기입니다

제4부

아버지의 세월

노고단의 서정

하늘 구름살결 살포시 내려앉아
영혼이 된 노고단의 꿈
붉은 꽃댕기 산자락에 묶어
파란 바람 빛깔에 실려온 님의 얼굴
철부지 동심 만고의 거리에서 세월을 노닌다

나무 이파리 그리움에 떨고 있는
짝 잃은 산새 한 마리 노래 한 곡조 선율
산 메아리 불러 모아 사랑 편지 띄우면
설익은 노을빛 시집 못 간 노처녀
부끄러운 미소처럼 피어난다

산골짝 주름마다 애달픈 사연 고여
밤낮도 없이 그리운 눈물
바위 품고 몸부림치는 물결
세세연년 계절처럼 겹겹이 쌓인 연줄
하늘 닮은 맑은 인연 전설의 향기로 피어나고 있으랴

꿈속에 첫사랑

별빛이 떠도는 어느 날 밤
삶에 지친 작은 소망들이
그리움에 너울지는 꽃이 되어
흐르는 물결에 다시 피어 오른다

때가 되면 연인처럼 찾아온
나를 닮은 예쁜 꽃씨들이
밤하늘에 반짝이는 손길이 되어
꿈속에서 방긋방긋 사랑을 부른다

세월도 눈감아 준 첫사랑만큼이나
그리움에 젖어버린 눈물
공중을 헤치며 쏟아지는 빗줄기보다
님을 찾아가는 시간이 흙속의 숨결처럼 흐른다

어머니의 거울

꿈속에 사랑이라는 푯말을 따라가다 보면
세월의 길목마다 계절의 얼굴처럼 피어나는
꼭 나를 닮은 꽃들이
꽃잎에 이슬 맺힌 얼굴로
내 얼굴을 어루만지는 향기가 있었습니다

어머니의 손길입니까
봉숭아 순정 진달래 연정 나팔꽃 숨결
장미꽃 행복 목련꽃 가슴 민들레 운명으로 사시다가
이제는 꿈속에 들국화로 피어난 어머니
이 밝은 세상 거울에 보이지 않는 것이 무엇이 있을까요

어머니 나의 어머니
거울 속에는 비치지 않고
어느 달밤에 피어나는 안개꽃 사이
강물에 뜨는 어머니의 꽃입니다
어머니 이름 석자 내 숨결의 소망을 담아
마음속 깊이 수를 놓는 나만 볼 수 있는 빛깔입니다

세월보다 긴 사랑
내 이름을 낳게 해 주신

어머니의 뱃속에는 세상보다 크고 세월보다 긴
어머니의 사랑이 살고 있었나 봅니다

어머니 어머니
꽃잎 얼굴에 묻은 이 방울이 제 눈동자입니다
어머니 저를 잊으셨나요
어찌 저 하늘 세상이라고 한시라도 잊었을까요

너무 슬퍼 마세요 너무 서러워 마세요
너무 미안해 하지 마세요 너무 죄스러워 마세요
지금 저는 꼭 어머니 닮은 꽃으로
잘 영글어진 꽃씨 세상에 사계절 뿌리며
행복의 꽃 피우며 잘 살고 있습니다

시인으로 영혼의 창을 달았으니
꿈속에라도 나의 갈 길 푯말로 서 있는 들국화로
강물에 비치는 달빛으로
어둠을 품어준 안개꽃으로 피어나시다가
날이 새면 제 눈빛에 다시 피어나세요

비의 노래

얼굴을 돌아보니
꽃나무가 사랑을 보고
젖어가는 마음 속을 들여다보고 있어요
나는 당신의 이름을 온종일 불렀어요
당신의 이름은 메아리로 울려 퍼졌어요
하지만 당신의 이름에 실어 보낸 그리움은
산 넘어 가버리고 돌아오지 않았어요
그리고 비가 왔어요
그 비는 나무 이파리를 온몸으로 사랑하고
그리운 답장으로 물결이 되었어요
나의 메아리는 산 넘어 돌아오지 않았지만
저 비는 물결의 노래가 되었어요

사랑의 여명

여명이 피어나는 밤
먼 길 가다 뒤돌아선 꿈
길가에 앉은 풀잎의 사연 어루만지며
햇살 한 줄기 눈빛에 담아둔다

아침 길 상쾌한 발자국
땅바닥에 떨어진 이슬방울 잠 깨우며
하룻길 붉은 심장에 걸린 삶
세월 한 자락 손에 쥐고 진실을 본다

행복도 불행도 파도에 넘치는 노래
바위에 찍힌 아픔 모래알에 덮어 두고
바람 한 줄기 떠돌다 지친 정 하나
사랑만이 살 수 있는 가슴 속에 거짓이 엿보고 있다

무지개 색깔

하늘에 무지개다리
누가 놓았을까
천사일까
구름일까
바람일까
무지개 꽃이 폈다
무지개 다리가 섰다
물 젖은 하늘에 흰 구름 떠다가
햇살이 그림을 그려 놓았을까
무지개가 사라졌다
꿈이 깨어나기 전에 사라졌다
눈동자가 어리둥절 길을 잃는다
사람의 영혼이 사라진 것 같다
하늘에 사랑이 사라진 것 같다
세상만사는 무지개가 피었다가 사라지는
공허한 아름다움일까
오늘은 비록 비가 내려도
내일은 무지갯빛 그 약속을 믿으며

세월의 꽃이 된 소녀

지천명 고운 색깔로
초년 불혹 넘어 버린 장미 넝쿨 따라
가을빛 얼굴처럼 물든 단풍을 보며
봉숭아 꽃잎 물든 손가락을 어루만지는
그 소녀 얼굴이 눈에 밟힌다

세월 한 걸음 인생 한 걸음 동무 삼아
찬 이슬에 젖은 들풀 옆에
한 시절 외로웠던 들꽃 한 송이
세상 풍상 희로애락 슬퍼도 미워도
어제 같은 삶의 이야기 가슴 속에 품고
철 따라 가는 바람처럼 노래 부르니
지난 시간이 남긴 소중한 선물을 풀어 놓고

바위처럼 굳어 버린 욕심마다
어느 날 사랑처럼 찾아와 비워 준 자리
고요한 강물 위에 여울지는 내 마음
낙엽이 가는 길 사공 없는 나룻배처럼
달그림자 돛대 달고 말없이 떠나가느냐

산수유꽃 필 무렵

세월의 진실한 향기 품고
세상의 사랑이 된 산수유꽃
숱한 사연 돌 틈 가슴결에 숨겼나
영원의 소리 님을 향한 그리움인 듯 흐른다

자연의 얼굴로 피어난 모습
꿈속을 헤아리는 길 위에 서서
꽃으로 피어난 인연을 묻거든
바람인들 알리요 산천에서 노린다

하늘의 언약 지리산 산동에 내려앉아
노란 금빛으로
사랑을 소원한 봄날의 전령이라
흰 구름 산천의 마음결로 그리는 풍경
산수유꽃 필 무렵 입 달린 사람마다 님이라 부른다

봄날의 첫사랑 연인들의 꽃을 피우기 위해
춤추는 구름자락 잡고 바람결로 노래하는 지리산
겨울날 생명의 숨결 하얀 눈꽃 송이로 피어오른다

꽃의 그리움

그리운 이름
누가 그 이름을 부를까
마주 보는 별빛이 흔들려도
구름 속에 숨은 그 님의 눈빛
첫 인연 따라 가고픈 그 심정
달님인들 뉘라서 알겠는가

영혼의 빛이 소리칠 때
그대의 사랑이 깨어나는 꿈
소망의 종소리 바람에 실어
사연마다 행복을 찾아온 그 이름
산천을 울리는 메아리 가슴으로 피어난다

철 잃은 그리운 물결이 요동치면
임자 잃은 겨울 나그네
발등 아래 내린 찬 서리
온몸에 파고든 모난 돌멩이 고통
님이여 심연에 새긴 애달픈 그 이름을 아실는지요

신부처럼 새해가 왔는가

꿈을 품고 새해가 왔는가
희망 찾아 세월 따라 왔는가
누구에게나 차별 없이 새도 짐승도 사람도
똑같이 나누어진 시간
세세연년 산천초목들 사이로
세상 엿보는 저 햇살 눈부셔라
님을 향한 연인의 눈빛으로 살겠습니다

새벽닭 울음소리 날이 새면
시집 오는 인연 사랑길에
새해 첫날 밤 떨리는 가슴 안고
꽃향기 분가루 풍기며
어젯밤 사모하는 별 하나
새벽길 소리 없이 달려와
내 마음 창문에 촛불 하나
색깔마다 그리운 무늬 그려 놓고
철 따라 소망이 노래하는 꿈의 씨앗 심겠습니다

눈이 내리는 날

눈이 내리는 날 밤
길을 걷다 걸음을 멈추고
님을 닮은 눈사람을 그리지만
님의 마음 하나 어디에 그릴까

달 속 미소 짓는 님의 얼굴
하얀 눈 속에 숨은 사연
겨울 푸른 새벽 이슬방울
얼어버린 그리움이 맺히네

눈 내린 이 밤길에
님의 맘 훔치는 눈동자
손에 말아쥔 흰 눈 뭉치
내 손끝 찬바람이 서러워

총총한 별빛 내려 노닐 때
저녁 구름 입은 달님
님의 맘 고이 두신 자리
산수유화 첫사랑 봄날에 피려나

아버지의 세월

늙어버린 태양빛이
무거운 발걸음으로 세월을 그리며
당신의 얼굴에 꿈의 색깔로 잠들어 있고
조각배에 실은
파도의 몸짓을 움켜쥔 어부의 손길
갈매기 날갯짓에 울부짖는
저 생명의 물결 소리
홀아비가 아가를 부르는 눈물인 줄
세월이 남긴 사랑이었네

인생의 꿈

세월 길 꿈을 먹고 피어나는 인생의 꽃
사계절 향기 품은 삶의 사연마다
오늘은 바람 품고
추억의 숨결 노래 부르며
세월 속에 내일을 찾는 인생의 꿈

눈빛의 언어

사람마다
가슴에 새긴 편지를
푸른 하늘에 걸어두면

누군가의 마음에
구름 한 조각 머물며
사연을 만드는 진실한 눈빛의 언어가 된다

인연의 문을 열어두면
비가 되고 눈이 되고
햇살이 되어
그대 향기 별꽃으로 피어나지 않겠는가

아버지의 강

텅 빈 하늘 가슴 무엇으로 가릴 수 있을까
무한한 꿈을 품고
구름결마다 말 없는 세상을 그리다
비가 되고 눈이 되고 빛이 되어
바위에 나무에 꽃에 어둠 속에도 생명을 불어주고
바람 부는 대로 고개 숙인 나무의 손길
낮은 곳으로 흘러가는 물결의 발길
아버지는 말 없이 사랑을 그리는 세월의 강이었다

커피 연정

가을 깊은 곳까지
붉게 익었던 사랑
밤새 뒤척인 낙엽의 몸으로
커피잔에 풍덩 빠졌습니다

느끼고 생각할수록
꼭 그대 숨결인 듯
커피 속을 내 마음처럼 만지며
온종일 풍길 것 같은
향기만 남기고 떠나갑니다

쌀쌀한 바람만 맴도는 긴 밤
추위에 떨고 있는
맑은 영혼 이슬 모듬을
사랑의 달은 살포시
옆에 두고 떠나옵니다

어머니의 그리운 향기

세상처럼 넓은 가슴 속에 쉬지 않는 숨결
꿈에 영혼의 빛으로 세상을 넘어
모정의 그리움 은하수처럼 흐르고
흔적 없이 산 넘어간 구름길같이
기억 저편에 어머니의 인생인 듯
어느 세월 길에 꽃처럼 피어 있을까
흔적도 보이지 않는 보고픈 그 사랑은
무슨 색깔과 향기로 나를 부르고 있을까

비의 사랑

저 바다
저 강물
저 호수
비의 눈물이다
구름 속에 숨어 우는 비
비의 슬픔은 생명이 된다

제 5 부

세월의 길

해와 달의 그리움

붉게 물들여진 해의 마음
저 산을 넘고 저 바다를 건너면
그리운 달님이 계시니
눈 먼 바람도 밤하늘에 길 잃은 구름 한 조각
짝사랑 그리운 옷을 입는다
들녘에 사모하던 작은 들꽃 소망을 품고
누가 들을세라 어둠 속에
속삭이는 노래가 귓전에 들릴 때
자연의 사랑을 밤낮으로 만드는 세월
그리운 해와 달은
영원한 숙명의 연인이라 부른다

겨울 바다

깊고 넓은 그대의 눈빛
바람결에 하얀 창문 걸어 놓고
그리움 눈 꽃 송이 피어나는 자리
서글픈 목마름으로 떠나간 시간의 애증
행여 잠든 파도는
돛대 잃은 저 배를 부르는 등댓불
철 따라 세월을 노래하는 바람처럼
꿈을 찾아 몸부림치는 겨울 바다

세월의 길

흘러가는 흰 구름 여정은
희로애락 발자취 되어
산자락 품고 말없이 펼친 꿈
바람에 실려 울리는 노랫가락으로
강물 같은 삶의 숨결 보듬고 일어선 자리
인생사 닮은 하늘 길 그곳
어머니 운명처럼
풀어헤친 세월의 향기는
눈비로 그대 품에 안기네

새의 노래처럼

바람이 불면 흔들리는 풀잎
그리움이 밀려오면 흔들리는 마음
가슴 속에 파동치는 심장소리는
밀려오는 파도의 춤이 아니던가요

푸른 하늘 바라보는 바다의 눈길
나도 별같이 사랑을 빛낼 수 있을까요
아니면 파도의 꽃처럼 웃을 수 있을까요
어둠이 깊을수록 빛나는 별처럼

그리운 눈물이 날 때 님을 부르면
언제라도 그립다고 눈 감으며
긴 세월 숨 쉬는 그림자로
날마다 시를 쓰는 가슴으로
내 인생 푸른 가지 위에
사계절 노래하는 새가 되고 싶어요

어머니 슬픈 편지

세월 따라 그리운 상상이 된
님의 별
어쩌다 꿈속에서 마주친 날이면
손님의 옷자락처럼 문밖에서 날리다가
메마른 가슴 속에 스미는 향기 되어
꽃이 되지 못한 세월의 설움을 안고
하늘 구름 속에 애끓는 가슴
겨울비처럼 터져 버리면
어둠길 새벽 찬 이슬비와 함께
님의 편지인 양 영혼을 적시네

어머니 영혼의 꿈

겨울 하늘에 별 하나
세상을 사모하는 날
손님처럼 기다려진 그리운 사람
내 눈 속에 사라지지 않는 얼굴
보지도 못했고 만날 수 없는
영원한 님의 숨결이 자리 잡는다

거울에 비치는 얼굴처럼 보고파서
얼어버린 푸른 들녘 끝자락에
그 꽃 한 송이 그릴 수 없어
텅 빈 가슴에 눈사람을 만든다
달도 별도 어디로 가버린 어두운 밤
야생화처럼 이 밤을 지키는 영혼

설날의 노래

인생길 새 꿈을 선물하는 설날
사랑이 꽃처럼 피어나는 세상길에
한시도 쉴 새 없이 오고 가는 세월의 몸짓을 품고
사람마다 가슴 속에 해가 되고 달이 되는 세상을 만납니다

하늘 구름도 무지갯빛으로 내려앉은 소망
귀여운 내 동생 색동저고리
우리 언니 코빼기 신발
별 하나 꽃의 이름으로 온종일 내 그림자 같이 놉니다

숲속을 울리는 메아리 같은 선율로
하늘과 땅 사이 생명의 숨결이 되어
운명의 약속 자유롭게 감동을 주는 희로애락
일 년 내내 저 자리 탐내지 않는 나무처럼 살아갑니다

꽃잎 향기처럼
그 자리에 생명을 주는 빛의 이름으로
새해 거울 앞에 꿈으로 가득한
내 얼굴을 바라봅니다

사람들 소망

일 년 내내 파도처럼 춤을 추고
바람처럼 울리는 희로애락의 노랫가락
진실한 가슴마다 축복의 선물을 품고
꽃잎의 얼굴로 다가서는 향기를 남기며
그 자리에 생명의 이름으로
이른 아침 햇살처럼 비칠 것입니다

정들었던 세월 걸음
걸어놓았던 벽을 바라보며
마음 한 구석 내려놓은 달력을 뒤로하고
님을 찾는 소망의 연줄을 구름처럼 띄우며

하루하루 소중한 희망의 색깔
사랑의 님을 찾는 꿈처럼
영원한 인생의 노래를 불러봅니다

꽃이 전하는 말

한시라도 쉴 새 없는 섭리의 길
세상 길 어디라도 차별 없이 찾아가는 인연
봄이면 님의 얼굴로 꽃이 된 사연
님들의 어여쁨을 흉내 낼 수 있겠는가

계절 따라 스스로 걸어온 발길
세월이 이룰 그 무슨 소원 하나 있을까
눠라도 알 수 없는 향기의 이야기
꿈속보다 더 큰 상상의 이름을 지어본다

산수유 꽃 편지

꿈꾸는 님의 봄을 품는 지리산 산동
새벽별 같은 샛노란 등불 밝히며
사람들의 눈길 가는 곳마다
연인이라 미소 짓는 사랑이 부른다

세월이 그려 놓은 상상의 유혹이 펼쳐진 자리
그리움 실은 꽃 편지 빠알간 순정으로 물들어질 때
지리산 골짜기는
사계절 푸르게 푸르게 살아가더라

꽃피는 산골 소녀의 수줍은 고백처럼
소리 없는 산수화 꽃 금빛 물결 따라
영원한 사랑을 찾아가는 연인의 봄날이 피어난다

봄처럼 웃는 날

사랑의 향기 무늬를 그리며
추억의 그리움 아지랑이처럼 춤추는
그 이름 한 글자로 타오르는 꽃
오늘 꿈 이야기를 풀어 놓은 봄날이 터진다

하늘을 거니는 구름의 발길
산천에 내려앉은 하얀 순정
꽃잎에 매달린 햇살이 부러웠나
밤이면 안개비로 님의 몸을 적신다

물결처럼 흘러가는 깨끗한 소망
누구라도 불러주는 바람의 소리에 맞춰
너와 나 인연 된 자리 한 줄기 빛을 모아
님처럼 웃는 얼굴 사랑의 꽃 대궐을 그리고 싶다

영원한 삶

소녀의 꽃잎 같은 마음
소년의 나뭇잎 같은 생각
구름아 바람아
너도 나처럼
춤을 추고 노래하며 살고 싶은가 보구나
영원히 숨 쉬는 산을
밤낮으로 품고 사는 것을 보면

인생길

좁은 길이라고
너무 불평하지 마라
누구든지 세월길에서
인생 희로애락 넓은 길은 세상길이고
좁은 길은 내 길이니
그 길에 해도 달도 별도 바람도 들지 않더냐

님의 마음

온종일 풀밭에 앉아
네잎클로버를 찾았습니다

무수한 사람 중
나의 사랑을 불러 보듯 말입니다

그런데 마음을 만져보니
내 마음에 사는 님의 사랑을
오월이 비춰줍니다

하얀 시계꽃

하얀 시계꽃 세월의 향기 되어
바람을 잡고 노닐어도 피지 못한
푸른 그리움의
바람이 되었나 봅니다

내 두 손 맞잡은 네잎클로버는
내 가슴 속 찬란한 그대였음을
온종일 바라본 오월은 압니다

상모 돌리기

우주의 시계추가 돌 듯
꿈을 그리는 세상 줄 타는 소리
바람의 입을 빌려 허공을 가른다

땅 위에 발을 두고서
하늘을 향해 몸부림치는 사연
돌아돌아 환희의 숙명을 노래한다

인생의 갈채 메아리처럼 울리고
뜨겁게 쏟아 부은 열정의 숨결
푸르게 사색하는 오월이 청춘을 부른다

동그란 테두리 속에서 길을 찾는 세상
삼라만상 무엇을 버리고 얻을 것인가
합창하는 모두가 꽃향기 되어 사랑을 풍긴다

오월의 소풍

길 위에 거니는 햇살을 부여잡고
살랑거리는 하얀 민들레 숨결에
물오른 푸른 잎새가 추상화를 그린다

붉은 빛으로 님을 부르는
꽃망울의 눈부신 외로움은
싱그러운 바람결에 무심히 몸을 비벼댄다

세월의 사랑 먹고 꽃이 피듯
인생사 시작과 끝을 말하면
하늘을 떠도는 구름이 슬프다

기다림에 더 짙은 청보리 밭이여
오월의 첫사랑
어젯밤 꿈속에 만나 길목을 거닐어 본다

제6부

지지 않는 꽃

성공의 어머니들

하는 일마다 실패한다
실패는 성공의 어머니란다
성공이 완성된 날
내 엄마는 얼마나 많을까
꽃보다 별보다
나보다 행복한 사람 있으면 손들어 봐

꽃 피워낸 봄

내가 힘들게 꿈꿀 때
꽁꽁 언 땅을 녹여준
봄날이 된 사랑이 있다
나는 꽃씨였으니까

행복한 생각

봄이 행복일까
꽃이 행복일까
누구의 사랑이
더 아름답고 예쁠까
행복한 생각뿐이다

풀꽃 이름

풀꽃아 네 이름 누가 지어줬니
네 이름은 부를수록 싱그럽게 살아나는 것 같아
나는 바람처럼 시도 때도 없이 덩달아 좋다
나도 네 이름처럼 아무나 좋아하는 이름 하나 새로 짓고 싶다
화려하지 않고 순수한 네 이름처럼

행복의 차이

빼곡하게 우거진 숲을 이룬 산
행복할 것이다
가득가득 서 있는 나무
숲속 사이로
비쳐주는 햇빛 달빛 별빛만큼

그 작은 꽃을 봐

아무리 작은 꽃이라도
마지못해 피어나서
아무렇게나 살지 않고
비바람에 놀림 받고
몸부림치는 삶일지라도
웃고 살지 않더냐
작은 꽃이 다 피어날 때까지
편들어 주는 햇살이 있기 때문이야
너는 그 작은 꽃보다
더 예쁘게 피어날
봄날 같은 사람이 있잖아

부부꽃

멀리서 봐도 예쁜 꽃
가까이 봐도 예쁜 꽃
자세히 보면 더 고운 꽃
오래 보면 더 아름다운 꽃
부부의 사랑

사랑의 꽃씨

아무리 써도 줄어지지 않고
아무리 써도 돈도 안 드는 사랑
그 사랑의 꽃씨 하나
심어놓고 살았으면

사랑의 시간

비가 와도 비가 와도
봄도 젖고 꽃도 젖고
세월을 지우는
그 비를 피하지 않는
봄과 꽃의 운명을 보며
사랑의 시간을 배운다

산이 된 하늘

겨우내 갈색 몸으로
찬바람을 이겨낸 겨울 나목들 머리마다
마음 넓은 하늘이 내려와 어루만지니
봄빛 머금은 이파리들이
하늘빛 마음으로 산을 그린다
하늘의 눈동자 별들도 쏟아져
아직도 봄꽃에 기죽은 나목을 감싸고
꽃보다 아름다운
반짝거리는 은하수 목걸이를 걸어준다

산을 지킨 소나무

산은 푸른 옷을 입고 산다
소나무는 사계절 산에 옷을 입히는 어머니다
눈보라 머리를 감싸고 찬바람 온몸을 비빌 때
다른 나무들은 두 손발 다 들고
산을 지키는 나무이기를 포기했지만
소나무는 푸른 소나무는
끝끝내 이겨낸 꿈일까 사명일까
그 아픈 사연 나이테에 남모르게 감추고
사계절 청춘인 양 산을 지킨 소나무의 생애
어머니 삶과 너무 닮아
소나무를 보듬어 봅니다

봄이 되고 꽃이 되고

내 가슴은
봄날을 연다
네 얼굴로 봄꽃을 피워라
봄을 만날 꽃처럼
꽃을 만날 봄처럼
늙지 않는 그리움으로
늙지 않는 사랑으로

봄산 봄꽃이 되려니

내가 봄산이 되고
내가 봄꽃이 되고
내 마음은 산이요
내 얼굴은 꽃이니
산에 가야 범을 잡을 것인가
물에 가야 고래를 잡을 것인가
인간은 자연의 한 마음이요
마음에서 일어나고 사라지니
시처럼 영육을 닦으면
'물여일심' 이라 '일체유심조' 라
자연이 내게로 온다

봄은 사랑이다

땅 속에서 꽃씨가 꿈을 키울 때
깊게 잠든 겨울을 깨어나게 한
봄빛은
어머니 사랑이었다

사랑의 거울

나는 꽃의 사랑일까
너는 꽃의 우정일까
온종일 그리움뿐인
너와 나
누가 더 아름다웠을까
마주보는
거울 앞에 서 있다

그 봄 그 꽃

봄이 그리워서 꽃이 피었을까
꽃이 사랑해서 봄이 왔을까
봄이 말한다
이런들 저런들 어떠하리
꽃은 웃는다
이래도 좋고
저래도 좋고

세월은 꿈을 그린다

꽃을 보면 난 꽃송이가 된다
바다를 보면 난 파도가 된다
하늘을 보면 난 흰 구름이 된다
나는 세월 품은 시인이니까

지지 않는 꽃

너는
봄꽃으로 피어나기 위한
겨울이 한 번이라도 있었느냐
동백꽃이 겨울에 피어나니
언제나 봄날인 줄 알았더냐
시처럼 살라
그리하면
네 삶의 꽃이
사철 필 것이니

오월 장미

장미꽃이 오월 빛에 화장합니다
그대를 처음 만날 때
거울에 비치는 그대 얼굴 같습니다

제 7 부

어머니의 달

어머니의 달

달이 밝다
어두운 밤이면 어머니의 눈빛은 달이 된다
그 수많은 별들의 하늘 길을 비쳐주고도
세상에 놓고 간 자리 어두운 길을 못 잊어
아침 해가 된
아버지가 눈을 뜰 때까지
어머니는 점 점 점 내게로 온다
내가 길을 걸을 때나
내가 잠들었을 때는
우리 집 지붕 위에서 뜬 눈으로 날을 새운다
달이 나를 따라다닐 때 보면
숨소리가 들린다
내가 어머니 뱃속에 있을 때처럼

풍경소리

절에 오니까 고요하다
그 시끌벅적한 세상의 큰 소리는
주먹만 한 목탁소리에 들어가 버렸는지
내가 스스로 부처가 된 기분이다
내가 절에 오는 게 아니라
부처가 내 안에 들어와 버렸다
저 탑처럼 저 나무처럼
세월이 쉬어간 자리마다
부처님의 편안한 살결은 자연의 무늬가 되어
희로애락을 보듬고 자비를 그리는 손길이다
인생사 무엇을 그릴까
부처님의 숨결인 양
나무 위에서 내려온
바람 한 점 대웅전 풍경을 울린다

산과 나무처럼

자식의 행복은 나의 보람이다
저 산을 보라
철 따라 갈아입힌 나무들
산이 키우고 입힌
나무가
사철 제자리를 지키고
생명의 노래를 부르며 행복해 할 때
산은 말이 없지만
어찌 기쁨까지 잠들겠는가
산 가슴에 흐르는
그 생명의 물을 먹고 자란 나무들처럼
자식의 행복은
부모의 피를 흐르게 하는 것이다
산속의 물처럼

꽃샘바람

꽃샘바람이 담장을 기대고 있는
감나무에 매달려
청설모 다람쥐처럼
이 가지 저 가지로 옮겨 다니면서
매서운 뒤끝을 보인다
아마도 겨울 품에서
꿈꾸었던 매화의 얼굴을 한 번 보고
떠나려나 보다
자연이 가는 길
그리움일까 사랑일까 심술일까

반전

내 삶은
겨울처럼 추워도 봤고
여름처럼 더워도 봤고
봄처럼 따뜻해도 봤고
가을처럼 시원해도 봤다
내가 살아 있다는 존재다
기쁘면 어떻고 슬프면 또 어떠랴
해와 달이 몇 번 자리 바뀌면
꽃도 피고 별도 보는데
그것이 남의 것일까

봄바람이어라

자연의 숨결 품고
바람 따라 구름 따라
산천을 한량처럼
손에 손잡고 거니는
봄바람이어라

사라지는 구름처럼
세월의 사연도
바람에 실어
떠나보내노라

작은 잎새가 다 돋아날 때까지
따스한 입맞춤으로
나무마다 인연을 맺는
연인의 바람이어라

꽃을 보라

아무리 작은 꽃이라도
마지못해 피어나서 기죽이며 살아가지 않는다
아무리 큰 꽃이라고 당당하게 피어나서
잘난 체하며 살지 않는다
사람은 꽃을 제일 좋아하지만
꽃은 미워하고 무시하고 싸우며 사는
그런 사람을 제일 싫어한다
그래서 꽃은 사람을 보면 말문을 닫은 것이다

사람은 꽃보다

꽃을 보며 미워하고 욕하는 사람은 없다
사람은 꽃보다 아름답다 하는데
왜 사람끼리는 미워하며 싸우며 살까

사랑이면

그 속엔
가장 작은 몸으로
가장 추운 겨울을 견딘다
봄을 만날 사랑 하나로

꽃씨 한 알

나에게 꽃 필
꽃씨 한 알 있을까
있다
다만
봄 같은 따뜻한 가슴이 없을 뿐이다

그대라는 그 꽃

그대는
꽃처럼 웃지 않아도 예쁘다
꽃은 얼굴을 보아야 예쁘지만
그대는 눈을 감고 생각하면
더 예쁘다
사랑의 거울 하나 걸어놓고 살면

그 길 이 길

올라갈 때도 앞만 보고 오른 산
내려올 때도 앞만 보고 내려온다
산길이나 인생길이나

무너진 사랑

바닷물이 밀려와서
파도를 친다
안길 곳이 없는 바다가
사랑하기엔 좁았나 보다
목석 같은 갯바위가
나였으면 좋겠다

사랑의 상대성

봄에 앉아
꽃 하나 보고 시 한 수 짓고
또 꽃 하나 보고 시 한 수 짓고
종류마다 색깔마다
온종일 꽃을 만나 연애를 해도
한쪽 들녘 논두렁 꽃 밖에 못 만났다
사랑의 이야기는
끝이 없는 상대성 공간인가 보다

그런 사람을 만나면

인생길에 맑은 한 사람을
만난다는 것은
숲속의 신선한 공기로
자신을 씻는 것과 같다

시냇물처럼 아래로 아래로 쉼 없이 흘러
자신을 바다에 이르게 하는
달빛처럼 희망적인 사람이다

인생길에
맑은 한 사람을 만난다는 것은
향기의 맛이 눈에 안 보일지라도
그 인품은 내 가슴에 공기처럼 숨쉬게 한다

삼월걸음

새봄에는
발길이 닿는 곳마다
무심코 걷지 말고 살살 걸어가라
겨우내 꿈꾼 새싹들
갓난이 고운 살결
상처 날까 무섭다
겨울을 이기고 나온 새싹들이
세상의 햇볕 쬐며
홀로 설 수 있도록

꿈은 움직이는 거야

이 겨울날 움직이지 않고
봄을 기다리면 안 돼
그러면 더 추워
얼어 죽은 꽃씨도 있어

봄에 다 꽃으로 피는 게 아니야
아장아장 아가처럼 걸음마 연습을 해 봐
한 걸음 한 걸음 움직이는
깊은 꿈을 꿔 봐
봄을 찾아 깨어나는 꽃처럼 말이야

겨울 메마른 몸에서
산고의 꿈 없이 그냥 시간이 가니까
예쁜 꽃으로 피었겠어
절대 그럴 리 없지

봄이 여기 있으니까
꽃의 얼굴로 새롭게 살아 봐
세상 사람들이 꽃을 보듯 좋아할 거야
사람들의 사랑이 되어 살아 봐
시처럼 말이야

그 한 송이 꽃

산천은 많은 꽃이 피어야
꽃 산을 이루며
풍경이 달라지지만
내 마음에는
단 한 송이 꽃이면
내 사랑이 달라진다
내 삶의 풍경도
달라진다
그 꽃 한 송이
그대였으면

꽃에게 묻는다

제8부

생명의 노래

꽃 나이 내 나이

꽃 앞에서 약속을 했다
봄꽃만 사랑하겠다
봄날이 다할 때까지
내 나이가 몇 살이나 될까

순수

바위 등에
소나무 머리에
하얀 눈이 내렸다
손대지 않는 모양
서로 서로 다른 아름다움

봄날은 간다

잎이 지고
꽃이 지네
흙에서 핀 꽃
바람의 메아리가 되고
산에서 핀 꽃
강물의 노래가 되어 흐른다
꽃제비 날아온 저 강남에도
꽃이 지고 있을까

꽃구경

너도 나도 꽃구경
산천에 벌 나비 찾아들 때
나는야
차타고 시간 들여 꽃구경 안 간다
내 앞에 지지 않는 꽃
너가 있으니

인생의 봄날이다

사과는 영글어갈수록
달콤한 향이 난다
내 인생도 익어갈수록
언제나 꽃향기가 난다
너를 만난 후
잊어버린 내 인생의 봄날이
다시 왔으니
새 봄처럼

그 한 송이 꽃

산천은 꽃이 피어야
꽃산을 이룬다
내 마음은
단 한 송이 꽃으로도
꽃동산이 된다
그 꽃 한 송이
바로 너

산이 되어

산
산
푸른 산이네
앉은자리 그대로 놀고 먹으며
하늘이 품고 있는 해와 달, 별
세상 구경하는 것 같은데

나란히 나란히
봄 재촉하여 꽃과 나무
새 옷 입히며 사랑꽃 피우네
내 가슴에도 저 산처럼
향기롭게 향기롭게
살고 있는 한 사람 있네

꽃보다 커피

남해 푸른 바닷바람
떠나는 꽃향기가 그리웠나
꽃이 진 자리
사랑 품은 연인의 커피향이 가득한
남해 바닷가
이름하여 남해 독일마을 커피
꽃향기보다 커피향이 더 좋다는 연인들
커피는 사랑의 꽃인가
하늘 거니는 저 구름 한 조각
커피잔에 풍덩 앉아버렸네
사랑의 향기에 취한 연인처럼

남해 바다놀이

푸른 하늘 푸른 바다가 사이좋게 부른
남해 독일마을
구름 한 점
독일맥주 향에 취해
나 거북이 느린 걸음
취한 김에 남해 바다
실컷 구경이나 하고
갈까 보다
그 향기 내게로 풍겨온다
오월 가는 바람에 안겨

그날을 부릅니다

관음포 품안에서 반짝이는 물결의 눈
하늘 은하수가 흐르는 남해바다 관음포
세월보다 긴 이름 이순신
산천 바람
바다에 올라타
노량대첩 호령소리
백성의 숨결처럼 울리는
그날의 역사가
땅을 내려보는 뜨거운 햇덩어리
영원의 꿈을 이룰
님의 눈빛이 아니겠는가
님의 이름을 관음포 물결처럼 부릅니다

남해 다랭이

바다 향 품고 오고 가는 어부들
널 부른 너울 치마 두른 아낙네
마늘 유자 시금치요
뒷산 갑옷 입은 장군바위
산새 들새 물새 들꽃까지
고운 합창
긴 세월 메아리
물향인 양
너울춤으로 푸른 바다 물결을 보듬는다

금산의 기도

해와 달이 가는 길마다
하늘빛이 내려앉은
남해 금산 삼십팔경
눈 따라 어디를 볼까
마음 따라 어디를 만질까
눈은 영원의 머리가 된
기암석에 세월의 빛깔을 그리고
마음은 산자락에 안겨
세상의 꿈을 기도하는 자리
비단실로 둘러 놀까
구름실로 품어 놀까
이 땅의 기운 솟아나라
남해바다 물결까지 산 메아리 손을 잡고
보리암 목탁소리
삼라만상 공간을 두드린다

생명의 노래

오월
그 시 한 번 푸르다
산도 바다도 푸르다
하늘도 따라 푸르다
이보다 푸른 생명의 새 노래 들어봤는가
메아리도 한 곡조 노래를 1절만 부르고
귀를 열어 듣고 있는
그 시 한 번 푸르다

계절의 여왕

오월
봄도 아니면서
여름도 아니면서
가장 예쁜 장미꽃 피고
가장 멀리 아카시아 향기를 풍긴다
옛날 어느 시인이
자연에 빠져 말했다
얼굴은 예쁜 장미
마음은 향기로운 아카시아
사랑의 완성
오월을 노래한 제목
계절의 여왕이라
사람 중에 여왕은
거울 앞에 화장을 한 여인이 아닌
맑은 차 향에 마음을 보며
시를 짓는 여인이라 했으니

같은 색깔 다른 사랑

붉은 동백꽃은
찬바람을 모아서 피어나고
붉은 장미꽃은 따뜻한 햇살을 모아서 피어난다
똑같은 붉은 색깔이지만
서로 다른 것을 모아 피어나는데
동백꽃이 아름다울까
장미꽃이 더 예쁠까
사랑을 모아 피어나야 할 사람의 꽃은
누구를 닮아 피어나야 하나
사랑은 오래 참는 것이라면
추운 겨울을 참고 붉게 핀 동백꽃일까
사랑은 따뜻함이라면
봄날에 피어난 장미꽃일까

첫눈 짝사랑

소설 추위는 빚을 내서라도 맞는다
겨울이 겨울다워야
내년 보리농사가 잘 된다
봄 곡우에 비가 내려야 벼농사가 잘 되는 것처럼
주인도 머슴도 소설 추위를 기다린다
요즘 세상 첫눈을 기다리는 사람들
연인의 사랑 아니면 누가 있으랴만은

늦가을 훈풍에 철 모르는 꽃들만 피고 있으니
첫눈이 오길 기다리는 사람들은
초겨울에 얼굴 내민 꽃도 밉고 싫구나
첫눈 약속은 어디에서 누구를 만나는지
약속한 날짜에 오지 않고
소설 눈꽃은 꿈에서나 볼거나
소설에는 눈꽃이 사랑이어라

단풍의 꿈

단풍의 꿈
공중에서 떨어진 게 아니다
완성된 꿈을 찾아
낙엽 되어 날아가는 것이다
하늘을 날아가는
소망의 그 시간
바람은 알고 있다
가을 햇살은 단풍의 꿈을 물들게 했고
가을바람은 단풍의 날개가 되었다
사람은 무슨 꿈을 위해
단풍처럼 피었다가 낙엽 되어 날아갈까

그날처럼

바다는 파아란 하늘에 물들어
하늘이 되고
강물은 푸른 산에 물들어
산이 되고
꽃은 땅에서 피어나서
꽃이 되고
사람은 불씨 하나 가슴에 심어 놓을 때
사랑에 물로 피어나서
꽃보다 아름다운 사람의 꽃으로 피어나더라
꽃이 봄을 만나는 그날처럼

단풍 낙엽이 될지라도

큰 산에도
신작로 길가에도
햇살이 그려주고
바람이 물들여 준
곱고 예쁜 단풍들
가을 산 잔치 주인이 되어
단풍놀이 손님을 울긋불긋 맞이하고 있더니
어느새 한 잎 두 잎 사연 따라 인연 따라
세월이 일러준 길 따라
운명이요 숙명의 시간 속으로 들어간다
가을 한 철 불꽃처럼 타오르던
붉은 단풍도 쓸쓸하게 떠나갔지만
나는 마음만 먹으면 언제나 가을 햇살이
쏟아져 나와
가을 단풍을 물들게 하니
때를 모르는 시 한 수에
사계절을 품은
내 나이가 산이 되었나

꽃에게 묻는다

•

지은이 / 오다겸
발행인 / 김영란
발행처 / **한누리미디어**
디자인 / 지선숙

•

08303, 서울시 구로구 구로중앙로18길 40, 2층(구로동)
전화 / (02)379-4514, 379-4519
Fax / (02)379-4516
E-mail/hannury2003@daum.net

•

신고번호 / 제 25100-2016-000025호
신고연월일 / 2016. 4. 11
등록일 / 1993. 11. 4

•

초판발행일 / 2023년 7월 5일

•

•

값 **15,000원**

•

•

ISBN 978-89-7969-872-5 03810